Max et Compagnie

LA CHASSE AUX DINOSAURES

David Catrow

Texte français d'Isabelle Allard

Éditions **SCHOLASTIC**

Pour Bubbs, Beetle et Blu

Édition publiée par les Éditions Scholastic,
604, rue King Ouest, Toronto (Ontario) M5V 1E1.

5 4 3 2 1   Imprimé à Singapour   09 10 11 12 13

Catalogage avant publication de Bibliothèque et Archives Canada

Catrow, David
Max l'épagneul : la chasse aux dinosaures / David Catrow ;
texte français d'Isabelle Allard.

Traduction de: Max Spaniel : dinosaur hunt.
Niveau d'intérêt selon l'âge: Pour les 3-7 ans.

ISBN 978-0-545-98223-8

I. Allard, Isabelle II. Titre. III. Titre: Chasse aux dinosaures.

PZ26.3.C375Ma 2009   j813'.6   C2009-901629-X

Je m'appelle Max.
Je ne suis pas un chien.

Je suis un grand
chasseur.

J'adore chasser les dinosaures.
Je chasse avec mes oreilles,

avec mes
yeux,

avec mon museau.

Non. Pas de dinosaures.

J'ai une idée.
Je vais aller dehors.

Que vais-je apporter?

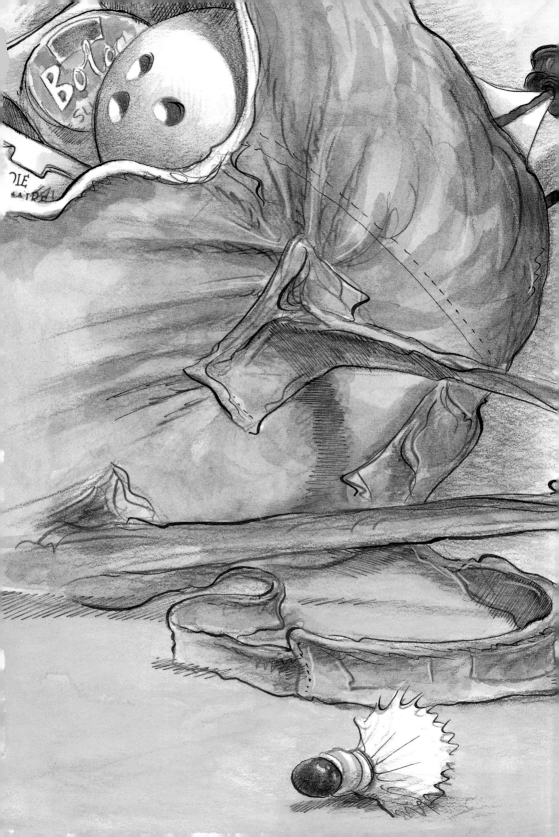

Non, c'est trop.

Voilà ce qu'il me faut.

Alors, je chasse,

je chasse,

je chasse

et je chasse
encore.

Je n'abandonne pas.

Qu'est-ce que c'est que ça?
C'est un os de dinosaure!

Je sais où chercher. Je suis
un bon chasseur!

Je vois un œil.

Je vois une tête parmi les fleurs.

Je vois une côte.

Je vois un genou.

Et puis un cou.

Voici des hanches.

Voici une bouche.

Voici des dents pour dévorer.

Voici des griffes.

Voici une mâchoire.

Voici un ongle
d'orteil…

et une longue
queue verte.

Petit à petit,
le dinosaure
se construit.

Petit à petit,
le dinosaure prend vie.

Il me suit!